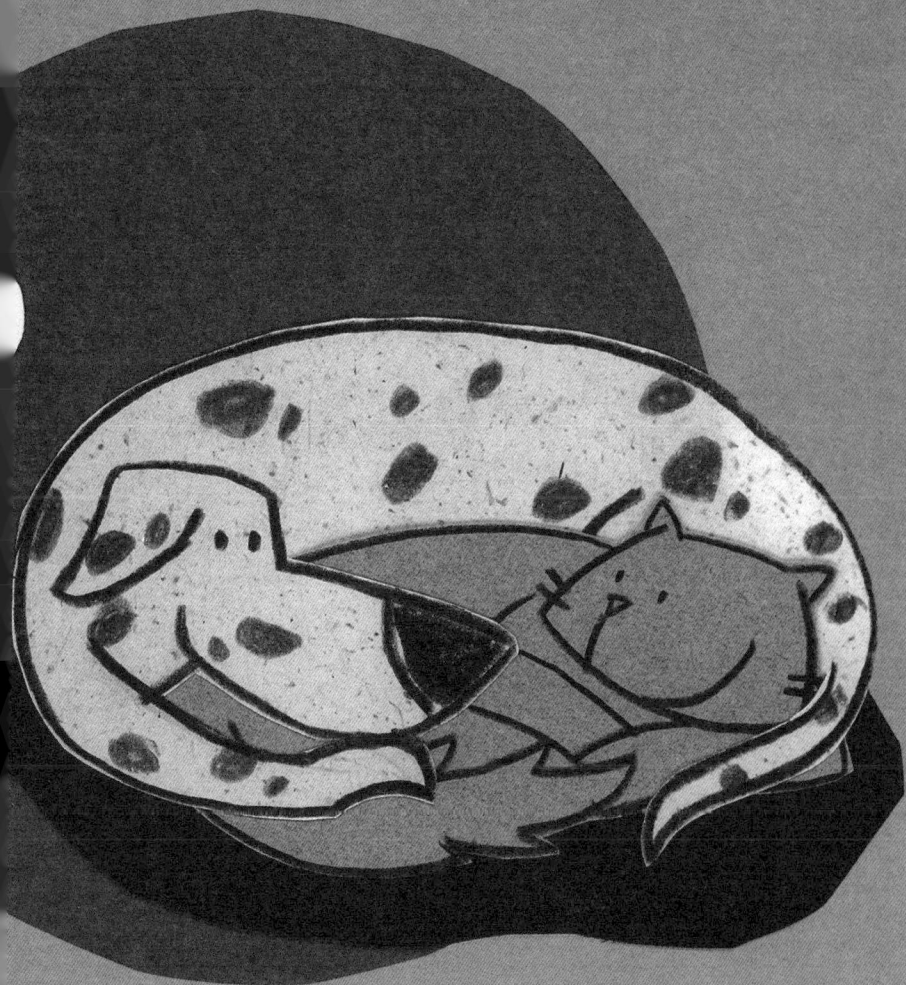

和尾巴聊天

图书在版编目（CIP）数据

和尾巴聊天／（比）瓦力·德·邓肯文；（比）菲尔勒·德拉夫图；王奕瑶译.
—济南：山东教育出版社，2017（2018 重印）
（瓦力·德·邓肯作品系列）
ISBN 978-7-5328-9852-7

Ⅰ.①和... Ⅱ.①瓦… ②菲… ③王… Ⅲ.①儿童故事–图画故事–比利时–现代
Ⅳ.①I564.85

中国版本图书馆CIP数据核字(2017)第184319号

山东省著作权合同登记号：图字 15 -2017-110

Text copyright © Wally De Doncker
中文简体字版由山东教育出版社有限公司在中国大陆地区独家出版发行
版权代理公司：北京百路桥咨询服务有限公司

HE WEIBA LIAOTIAN
和尾巴聊天

瓦力·德·邓肯作品系列

〔比利时〕瓦力·德·邓肯／文
〔比利时〕菲尔勒·德拉夫／图　王奕瑶／译　张雯／审译
主管单位：山东出版传媒股份有限公司
出版人：刘东杰
责任编辑：杜聪
美术编辑：蔡璇
装帧设计：于洁
出版发行：山东教育出版社（地址：济南市纬一路 321 号　邮编：250001）
电话：(0531) 82092664
网址：www.sjs.com.cn
印刷：上海利丰雅高印刷有限公司
版次：2018 年 6 月第 1 版　印次：2018 年 7 月第 2 次印刷
开本：880mm×1330mm　1/32　印张：3
印数：5001–10000　字数：55 千
定价：20.00 元

瓦力·德·邓肯作品系列

和尾巴聊天

〔比利时〕瓦力·德·邓肯／文
〔比利时〕菲尔勒·德拉夫／图
王奕瑶／译
张雯／审译

山东教育出版社

动物用眼睛说的话往往比人用嘴说的话更有智慧。

——路德维克·哈勒威

和尾巴聊天

斑点坐在院子里的长椅上。

男主人坐在凉亭里。

斑点优雅地把右爪伸向前方。

他看着男主人，

问道："我的坐姿帅吗？"

"你呀，当然是这个世界上最帅的狗了。

白色的毛上点缀着黑色的斑点，

姿势如此优雅。"男主人不禁笑道。

他正在写一个故事呢，

他的眉头又皱起来了。

斑点把下巴往上抬了抬。

"难道我不漂亮吗？"鼠儿喵呜道。

灰猫鼠儿纵身一跃，跳上了长椅。

她挺着胸脯，

坐在斑点旁边。

男主人眼睛盯着屏幕,

开始飞快地打字。

"男主人听不懂你说什么。"斑点笑着说。

"那他能听懂你说什么吗?"鼠儿问斑点。

"狗说话声音比较大。

汪汪的叫声比喵喵的叫声更容易让人听到。"

"也许是吧,可是你总对男主人重复同样的话。

汪汪,汪汪。

他怎能听得懂你在说什么呢?"

"我可以用不同的方式发出'汪汪'的叫声,我亲爱的女士。

汪!

汪汪!

汪——汪!

汪汪——汪汪——汪!"

"吵死了,斑点,别叫了。

我正忙着写一个新的故事呢!"男主人生气地吼了起来。

"你看吧,他根本听不懂你说什么呢。"鼠儿嘲笑斑点。

"他当然听得懂了。

不然,我就用我的尾巴说话。"

"说话是用嘴巴啦,你这个傻瓜。"

"我也可以用尾巴说话。"斑点说。

"当我高兴的时候，就会摇尾巴。"

"这个我也会。"鼠儿学着斑点的样子，也摇了摇自己的尾巴。

"当我害怕的时候，就会夹紧尾巴。"斑点说。

"表演给我看看好吗？"鼠儿说。

"现在不行，我又不害怕。"

"你可以假装害怕嘛！"

"我做不到。"

"快夹一下尾巴啦！"鼠儿命令斑点说。

"我不！"

"真幼稚！"鼠儿说。

"我还能用眼睛说话呢。"

"胡说八道！"鼠儿大笑起来。

"看着我的眼睛。

我现在看起来怎样？"斑点问。

"你看着很生气！"

"不！

我看着很友好。"

"你看着一点儿也不友好！"鼠儿不禁又笑了起来。

"那现在呢？

我现在看起来怎样？"斑点问。

"现在看着倒是挺友好的。"

"才不是。我现在看着很生气！"斑点咆哮着说。

"你看看，

就连咆哮都那么温柔。"鼠儿打趣斑点。

"别在这儿一派胡言了。

谁咆哮的时候会很温柔呢?

咆哮,

就说明你很生气。"

"这是你自己的理解。"

"是的。

但是我没有说错。"

斑点竖直了耳朵。

"看来你还可以用耳朵说话喽!"鼠儿指了指斑点的耳朵。

"当然了。

我是一条狗,你难道不知道吗?

狗无所不能。"

"那你可以用肚子说话吗?"鼠儿问斑点。

"这个,这个不能。

没有谁能用肚子说话。"斑点拉高嗓音说。

鼠儿踮起后腿,站了起来。

"看我的肚子!"她说。

"我是鼠儿的肚子。"

"嗯?

你什么时候开始表演用肚子说话呢?"斑点问道。

"我已经开始了呀!

我是鼠儿的肚子。

我会说话。"

"是吗?"斑点一脸疑惑。

"你看到了吗?"鼠儿问斑点。

"没有啊。"斑点回答说。

"我刚刚用肚子说了句:'我是鼠儿的肚子。'"鼠儿喵呜道。

"我听见了。

但你不是用肚子说的,

是你的嘴巴在动。"

"才不是呢!"鼠儿生气地说。

"明明就是。

那你再说一次,

我来看着你的嘴巴。"

"好吧。

给我听好啦!"

"呜——呜呜——呜呜呜呜——呜呜呜——**呜呜呜呜**。"

"再来一次!"斑点叫道。

他笑得喘不过气来。

"一边儿去!"鼠儿喵呜道。

鼠儿朝凉亭走去。

她跳上桌子,躺在男主人笔记本电脑边上。

男主人停止打字,他轻轻地抚摸着鼠儿的毛。

斑点晃了晃脑袋,擦掉刚刚笑出来的眼泪。

玩　耍

鼠儿躺在毯子上。

斑点站在她跟前。

他松开嘴里叼着的球，球掉在了毯子上。

鼠儿睁开一只眼睛。

"要一起玩吗？"斑点问鼠儿。

"不要，别吵我。

我很累。"

"来嘛，鼠儿。

能不能陪陪我？

我想玩一会儿。"

鼠儿伸了伸爪子，坐了起来。

"只玩一次。"

"太好啦！"斑点开心地笑了。

"我在这儿等着，你去藏球。

球藏好了就叫我一声。"

鼠儿试着像斑点那样，用嘴咬住球，

但总是不成功。

"你得把嘴张得更开一些。"

"我已经张大嘴啦。"鼠儿叹了口气。

"你嘴里有卡子，我没有。"

"这和卡子无关，我告诉你。"

于是，鼠儿用爪子推着球向前走。

"这样也不错。"她喵呜道。

"藏好球记得叫我一声啊！"斑点说。

"知道了。

你耐心点儿。"

斑点坐在毯子上，

兴奋地摇着尾巴。

"好了吗？"斑点汪汪道。

"没有！"

"快一点儿啊！"

鼠儿走到池塘边，

池塘里的鱼儿一看到鼠儿的影子就吓得躲了起来。

鼠儿停了下来，

她把球轻轻地推到池塘里。

球漂到了池塘中央。

鼠儿赶紧跑了回去。

"快去找球吧！"她大声叫斑点。

斑点立即动身，开始找球。

他在四周找了很久。

他穿过绿地，

在灌木丛中找了又找，

还有房子的后院也没有落下。

每当斑点经过鼠儿身边时，鼠儿就冲他眨眨眼。

"已经很近了。"她故意笑着说。

斑点在地上嗅了嗅。

"我什么也闻不到。

这不太正常。"斑点说。

"你好好找找，

用鼻子仔细闻闻！"鼠儿继续笑着说。

斑点已经找得失去耐心了，

他每个角落都找过了。

鼠儿则坐在院子的长椅上，心里偷着笑。

"我找不到那个球了，

告诉我你把球藏哪儿了。"斑点气喘吁吁地说。

"那你可输了哦。"鼠儿得意地笑了起来。

"是输是赢，这取决于你是否公平。"斑点说。

"我向来公平。"鼠儿说。

"那你告诉我球在哪儿，现在就说。"斑点恳求鼠儿。

"我才不告诉你呢！

你要自己好好找。"鼠儿一边取笑斑点，一边哼着小曲儿。

"好吧，我可以告诉你，不过有一个条件，除非你……"

"除非我什么？"斑点急切地问道。

"除非我说什么你就做什么，

把我当成你的主人。"

"一言为定！"

"好。"

"坐下。"

斑点坐了下来。

"躺下！"

斑点躺了下来。

"叫！"

斑点汪汪叫了一下。

"打滚。"

斑点在地上打了个滚。

"坐下。

躺下。

打滚。"

"够了！

快点儿告诉我球到底藏在哪儿了。"斑点生气地吼道。

鼠儿摇了摇头，

"真高兴我不是一条狗。"

"狗怎么了？"

"呃，狗有时候太谄媚了。

为了一块糖或者一个球，别人让他做什么他就乖乖地做什么。"

"并不总是这样，"斑点说，"只是大部分时候会这样。"

"我就不会谄媚，

哪怕是为了得到一块奶酪。"

"那如果是一块肉呢？"斑点问道。

"什么肉？"鼠儿问。

"火腿？"

"不，为了火腿我也不会委屈自己做不想做的事，

我只做自己感兴趣的事情。

猫是自由自在的。

这点你是知道的。"

"没有谁是真正自由的。"斑点说。

新生命

"咩——"

"你听见了吗？"鼠儿问斑点。

"咩——"

"山羊们好像出状况了。"斑点点了点头。

"咩——咩——"

"他们的叫声和往常不同。"

鼠儿朝草坪的方向跑去。

斑点紧随其后。

黑山羊躺在栅栏边上，气喘吁吁。

羊群们焦急地围着她。

公羊不安地走来走去。

"你安静地休息一会儿。"褐色山羊对黑山羊说。

"我肚子疼得受不了了！"黑山羊疼得直呻吟。

"怎么了？"斑点汪汪叫道。

"她要生小羊了。"褐色山羊告诉斑点。

"疼——"黑山羊叫道。

"快来帮帮我！"

"没有人能帮你，

你得靠自己。"褐色山羊说。

"再坚持一下，

马上就好了！"

"真没有想到生产这么痛苦。"斑点说。

"哎，男性啊。你们是永远无法体会的。"鼠儿摇了摇头。

"脑袋出来了。

使劲！"

"小羊在一个袋子里。"斑点咽了咽口水说。

"是啊，很快就要出来了。"鼠儿瞪大眼睛，说道。

扑通一声，小山羊终于出来了。

羊妈妈立刻开始把宝宝舔舐干净。

"我感觉不太舒服。"斑点呜咽着说。

"这是新生命。

新生命都来自妈妈。"

"咩——"黑山羊又叫了起来。

"怎么了？"鼠儿问。

"还有一只，

我能够感觉出来。"

"是一对双胞胎。"褐色山羊点了点头。

"快躺下。

很快又有一只小羊要出生了。"

斑点抹掉一滴眼泪。

"怎么了？"

"呃，没什么。"

"别骗我。

我看到你哭了。"

“我想妈妈了。”

鼠儿用头蹭了蹭斑点。

“我也是。”鼠儿娇羞地说。

“我听见妈妈温柔的声音了。”斑点自顾自地笑了起来。

“我感觉到她的体温了。”鼠儿轻声说。

斑点舔了舔鼠儿的眼睛。

“有你在真好。”他说。

“我也觉得有你在真好，

虽然你是一条狗。”

“我们能给彼此温暖。”

“就像以前一样。

有妈妈在身边一样。”斑点点点头。

看不见

"你看见那些小山羊了吗？"斑点问。

"没有呢，我刚刚睡醒。"

"他们真漂亮，

长得真快。

现在他们已经会跑会跳了。"

"真奇怪。

我刚出生那几天眼睛是看不见的。"

"我也是！"斑点笑道。

他们安静地看着远处。

"你愿意活着吗？"斑点突然问鼠儿。

"当然啦！"

"为什么？"

"因为只要你活着，就说明你没有死。"

"这倒是。"斑点点了点头。

"那什么是死亡呢?"

"我觉得就和睡着的感觉一样吧。"

"那还会做梦吗?"

"我想会吧。

只会梦见美好的东西。

温柔的梦乡,

温暖的梦境,

一切都那么美好。"

"那还会再醒过来吗?"

"我也不知道。

也许会一直做梦,直到永远。"

"也许我们现在就在做梦呢。

我感觉一切都很美好。

你是那么温柔,

温暖。

男主人对我们很好,

女主人很爱我们。

他们总是给我们好吃的食物。"

"是啊,也许这就是一场梦。"

鼠儿抓住斑点的尾巴,用她锋利的牙齿一口咬了下去。

"嗷!

你在干嘛?"

"现在我确定你是活着的了。"

"怎么说?"

"死了是感觉不到疼痛的。"

"那我可以咬你吗？"斑点问鼠儿。

"除非你轻轻地咬。"

斑点抓起鼠儿的尾巴，

轻轻地咬了一下。

"你怎么不叫啊？"斑点松开鼠儿的尾巴，问道。

"因为一点儿也不疼啊。"鼠儿笑着说。

"噢，如果你感觉不到疼痛，那你肯定已经死了。你已经一命呜呼了。"

驴　子

"咿——咿——咿!

啊——啊——啊!

咿——咿——咿!

啊——啊——啊!"

鼠儿看了看斑点,

"哦不, 他不会又开始了吧?"鼠儿问道。

斑点竖起了他的耳朵,

"是邻居家的驴子。

昨天他嘶叫了一个多小时呢。

他应该不会每天都这样吧。"

"咿——咿——咿! 啊——啊——啊!"

斑点把耳朵合上, 耷拉在头的两侧。

鼠儿用爪子堵住耳朵。

"咿——咿——咿！
啊——啊——啊！"

他们俩都紧闭双眼，

试着转移注意力，想其他的事情。

"走，我们找他谈谈去。

这样一直下去可不是个办法。"鼠儿气鼓鼓地说。

"看哪，男主人也受不了了。"

"是邻居那么吵吗？"男主人问道。

"不是的，是他家的驴子。"斑点汪汪叫道。

"我们得想办法做点什么。

就算不为我们自己，

也要为主人这么做。

不然他怎么能专心写故事呢？"鼠儿喵呜道。

"咿——咿——咿！啊——啊——啊！"

斑点用爪子推开栅栏。

鼠儿紧随其后。

到了邻居家的栅栏前，他们看见了驴子。

他们简直不敢相信眼前看到的一切。

那只驴子正在跳舞，

从院子的这一头，

跳到另一头。

他竖起尾巴，

时不时地还弯曲一下膝盖。

"咿咿咿咿！啊啊啊啊！"

"嘿！"斑点叫道。

他用爪子踢了踢栅栏。

然而，驴子并没有听见他的声音。

他继续踮着脚尖，边唱边跳。

"嘿！！"斑点大声叫道。

驴子竖起了耳朵。

他倾斜着舞步，肚皮在草地上磨蹭着。

斑点和鼠儿见状大笑起来。

"你们打扰我了，知道吗？"驴子不满地说。

他用嘴吹掉肚皮上的沙子。

"是您打扰我们了，好吗？"鼠儿反问道。

"您已经在这叫了半个多小时了。

什么时候才能停下来啊？"

驴子朝鼠儿和斑点走去，

直直地望着他们的眼睛，说：

"不用说'您'，说'你'就行。

我叫乔尼。"他用深沉的低音做了自我介绍。

"你好，乔尼。"斑点和鼠儿齐声叫道。

"告诉乔尼，你们遇到什么困难了？"

"我们要被你的嘶叫声逼疯了。"鼠儿小心翼翼地说。

"嘶叫声？

你指的是我的歌声吧？

我在为嘉年华的唱歌比赛做准备呢。

咿——咿——咿！啊——啊——啊！

去年我差一点儿就夺冠了。

不过那时候我没有跳舞。

如果我能连唱带跳的话，冠军非我莫属。

你看！"

乔尼两个脚后掌相互拍了一下，然后跳了一圈。

"真棒！"斑点欢呼道。

"可是你总在唱同一首歌啊！"鼠儿说。

"没错，那又怎样？"

"你应该唱喔——喔——喔！呜——呜——呜！"鼠儿给乔尼做示范。

"不错的新歌词！

真聪明！

这是你们自己想出来的吗？"

"呃，是啊。"斑点点了点头。

"太好了，

歌词太美了。

我已经迫不及待要参加比赛了。"

"不错，那你试试。"鼠儿说。

"我不知道能不能这么快学会呢。"

"也就两个音节啊！"鼠儿催促说。

"驴子学东西很慢的。"

"我带你唱。

听好了：喔——喔——喔。

现在你来唱一遍。"

"咿——咿——喔——喔——咿。"乔尼唱道。

"现在练习这个：呜——呜——呜！"斑点汪汪叫道。

"啊——啊——啊！"

"不对，不对！呜——呜——呜！"鼠儿笑了起来。

"啊——啊——啊！

不行啊，我学不会。"

"要不这样吧，下周我们再过来，

你要多练习。

但是小点儿声，

不要让别人听见。

如果其他驴子听到的话，他们可能会模仿你。"

"你说得太有道理了。

谢谢你的建议。"

鼠儿冲斑点眨了眨眼睛。

他们一边笑一边往家里走去。

"喔——喔——咿——咿——咿。"他们听见驴子轻声的
嘶叫。

甜鼻子

鼠儿和斑点懒洋洋地躺在草坪上,

他们正享受着温暖的阳光。

一只蜜蜂突然停在了鼠儿的鼻子上。

"真甜。"蜜蜂嗡嗡着说道,又飞到了斑点的鼻子上。

"更甜了。

让我蜇一下。"

斑点睁开了眼睛。

"你敢!"斑点怒吠道。

蜜蜂准备用刺蜇斑点。

"我才不怕你呢!"蜜蜂嗡嗡地说。

"如果蜇了我,你就死定了。"斑点说。

"咱们走着瞧。

我可比你动作快。

你肯定抓不到我的。"

鼠儿被他们吵醒了。

"斑点，当心点，她要蜇你了。"

"蜇人的蜜蜂是愚蠢的，

简直相当愚蠢。"斑点阴险地笑了笑。

"不要挑衅我!

数到三，我就蜇你。

一，二……"蜜蜂发出威胁。

"蜜蜂用蜂刺蜇人的时候，刺尖的小倒钩会钩住皮肤。没

有了蜂刺，蜜蜂就会死去。”

"你说得没错。

我一定是疯了。”蜜蜂叹了口气，收起蜂刺。

"好样的！”鼠儿松了口气。

"不好意思。

你们的鼻子实在太甜了。”

"有可能。

我们刚刚吃了一块饼干。”鼠儿一边打哈欠，一边说。

"哦，难怪呢。

花儿一样香的鼻子，

我早就觉得奇怪。”蜜蜂嗡嗡道。

"你们一直忙着酿蜜吗？”鼠儿问蜜蜂。

"当然了。”

"就没有想过做其他的东西吗？”

"没有。

还能做什么呢？”

"小熊酸糖，

甘草糖，

鼻子软糖 。”鼠儿举了几个例子。

"甜鼻子软糖就像我们的鼻子一样，甜甜的。”斑点
笑着说。

"不，我从来没想过。”

"那你把这些建议转告其他蜜蜂吧。

谁知道呢，也许他们有兴趣。”

"这都是无用功。

作为单独一只蜜蜂，是没有发言权的。

我们和上千只蜜蜂一起住在蜂窝里。

蜜蜂是不允许思考的，

蜜蜂必须努力工作，

一只蜜蜂算不了什么。

当一只蜜蜂死了，没有谁觉得可惜。"蜜蜂叹了口气，说。

"真可怜。"

"我生来是一只蜜蜂。

活着的几个月，一直在劳作。

然后，生命就结束了。

蜜蜂，只有作为一个群体，才有价值。

作为一个个体，你什么也不是。

我甚至都不知道自己是谁。"

"你叫什么名字？"斑点问。

"我没有名字。

我就是一只蜜蜂，

就像你是一条狗，

她是一只猫一样。"蜜蜂嗡嗡道。

"我才不愿意别人称我为'狗'呢。"斑点笑道。

"别人叫我猫咪我倒不介意。"

"一只叫作'鼠儿'的猫咪！"斑点嘲笑鼠儿。

蜜蜂在斑点的眼前来回地飞。

斑点眼睛都看斜了。

"如果我是你的话，

就离家出走。"鼠儿说。

"即使这样，他们也不会想念我的。"

"飞去公园吧，

那儿遍地都是鲜花。"鼠儿说。

"我最喜欢鲜花了。

我想在花丛中生活！"蜜蜂欢呼起来。

"我现在就出发去公园。"

蜜蜂飞到空中。

突然，在她身旁出现了另外两只蜜蜂。

"别去公园！

跟我们走！"他们叫道。

"别跟着她！"鼠儿大喊。

她伸出爪子去抓那两只蜜蜂。

"你再不走，我们就叫整蜂窝的蜜蜂来抓你！"那两只蜜蜂威胁她说。

"我只想待在这里！"蜜蜂叫道。

两只蜜蜂紧紧抓住了她，

带着她飞向了蜂窝。

斑点和鼠儿对此束手无策。

他们可不想被蜂刺蛰。

"有一件事我是非常清楚的。"鼠儿说。

"什么事？"斑点问道。

"我们会想念这只蜜蜂的。"鼠儿说。

小点点

斑点在睡午觉。

鼠儿正扑腾着一片片落叶。

"救命啊!

谁来帮帮我啊!

咩! "黑山羊妈妈大声叫道。

"小点点不见了!

咩——咩!

我的小羊,

我的小羊不见了! "

斑点和鼠儿闻声飞快地跑向放羊的那块草地。

羊儿们正在草地的各个角落寻找小羊。

"怎么会这样呢? "斑点问。

"我也不知道。

到处都有网围着哪。"

“另外一只小羊还在吗？”鼠儿问。

“嗯，小黑在羊圈里。”褐色山羊回答说。

斑点用爪子推开栅栏。

“我来帮你们！”他态度很坚决。

“我也来！”鼠儿喵呜道。

他们一起找了很长时间，

但还是找不到小点点。

“再找不到他我会伤心死的。”羊妈妈绝望地说。

“先别这么说。

你想想小黑。”

斑点沿着铁丝网嗅了一圈。

他找到了一条线索！

"看，这儿有一个洞！"斑点叫了起来。

所有的羊儿都朝斑点奔去，

只有公山羊还站在羊圈前。

"谁把铁丝网弄出这么大一个洞？"鼠儿问。

羊儿们你看看我，我看看你。

他们一致转向公山羊的方向。

"是羊圈前那只公山羊。"一只羊儿说。

公山羊走进羊圈。

"当然是他了。

他这几周一直在用羊角顶铁丝网。"鼠儿点了点头。

羊儿们愤怒地奔向羊圈。

黑山羊冲在最前面。

"大家冷静点。"白山羊说。

"我要给他点颜色看！"黑山羊妈妈说。

她愤怒地走进羊圈。

其他的羊儿则堵在了羊圈口。

"这个洞是你弄的吗？"她咆哮道。

"咩啊啊。"公山羊内疚地叫道。

"你真是愚蠢之极！"

"咩呃呃。"他吸了吸鼻子。

"现在好了，小点点不见了。

都怪你！

小点点也许已经死了。

被大灰狼咬死了！"黑山羊抽泣起来。

"我们这附近没有狼。"鼠儿跳上羊圈顶棚，说道。

"这可不一定。

你们难道没有听过狼和七只小羊的故事吗？"

山羊们听罢浑身发抖。

"也许小点点死在河里了。"斑点猜测道。

大家生气地看着斑点。

山羊妈妈又开始号啕大哭起来。

"你看看，

小点点死了！"山羊妈妈哭得停不下来。

"咩嗯嗯！咩喔喔。"

公山羊叫道。

他靠近母山羊，想舔一下她给予安慰。

山羊妈妈生气地用羊角把他推开。

"如果小点点有个三长两短，我永远都不会原谅你的。

都是你的错！"

"咩咩！"公山羊点点头，退回到羊圈的角落里。

"得有人去找小点点！"褐色山羊说。

"必须得有人从洞里钻出去。"

羊儿们面面相觑，害怕极了。

"我不敢出去。"白山羊说。

"我只要一想到大灰狼……"

"我也不敢。我也不敢。"羊儿们纷纷表示。

山羊妈妈站了起来。

"好吧，那我自己去找。"

她走出羊圈。

"妈妈！"小黑叫道。

山羊妈妈站住了，望着小黑。

她又忍不住号啕大哭起来。

"我也不知道该怎么办了。

咩——咩。"

斑点和鼠儿朝洞的方向走去。

"我们去找小点点！"斑点自告奋勇。

"你们真的愿意这样做吗？

难道你们不怕大灰狼吗？"

"你们看到我锋利的牙齿了吗？"斑点说。

"你们看到我锋利的爪子了吗？"鼠儿说。

羊儿们害怕地躲在母山羊后面。

鼠儿轻而易举地一跃，从洞里跳了出去。

斑点却费了好大的劲才钻了出去。

"注意安全啊！"山羊妈妈在他们的身后喊。

干草堆

羊群们害怕地躲进羊圈里。

鼠儿看了看他们。

"万一有战争的话，他们这样怎么可能打胜仗呢？"她无奈地叹了口气，说。

"我们去哪儿找小点点呢？"斑点问鼠儿。

鼠儿看了看四周。

"也许在那儿！在干草堆里！"她指了指干草堆的方向。

"那可是藏身的好地方。"斑点点了点头。

鼠儿凭着脚上的肉掌悄然无声地走过去。

斑点则用耳朵贴着干草堆，听听有什么动静。

"我听见声音了。"斑点说。

"小点点一定在这儿！"鼠儿欢呼起来。

斑点找到一个可以钻进干草堆里的洞。

他用肚子贴着地，慢慢地爬了进去。

鼠儿紧紧跟在斑点后面。

然而，草堆里只有两只吓得浑身发抖的公鸡和母鸡。

"请不要伤害我们啊！"母鸡哭着说。

"别紧张。

我们不会伤害你们的。"

"你们在这干草堆里做什么？"鼠儿喵呜着问他们。

"我们是逃到这里来的。

农妇想把我的母鸡扔进烤盘里烤了吃。"

"不可能的！"斑点吓了一跳。

"千真万确。

我不能让这样的事情发生。

所以，我俩一起逃到这里来了。"

"这儿很安全的。"斑点点点头说。

"真的吗？"母鸡问道。

"是啊，在这儿没有人能找到你们的。"

"你们为什么一起逃跑呢？难道你也害怕烤盘？"鼠儿问公鸡。

"我爱我的小母鸡。"公鸡咯咯地说，声音很温柔。

"我也爱你，我亲爱的公鸡。"

母鸡噘起嘴，轻轻吻了一下公鸡。

"你们不要在这儿秀恩爱了！"鼠儿说。

"你嫉妒了吗？"斑点问鼠儿。

"才没有呢，我们不是正在找小点点吗？

我们没有多少时间可以浪费了。

对了,你们有没有在附近看见过一只小山羊?"鼠儿不太
友好地问道。

母鸡和公鸡面面相觑。

"有没有?"鼠儿追问。

"看倒没看见。"公鸡说。

"不过,有听见。小家伙咩咩叫得挺可怜的。"

"只是我们挺害怕的,不敢问他究竟发生什么事情了。"

鼠儿无奈地摇了摇头。

"胆小是做不成任何事的。"她说。

"那你们知道小点点往哪个方向跑了吗?"斑点问。

"朝着有咸味的风的方向去了。"母鸡点点头,说。

"那就是往西边去了?"鼠儿问。

他们耸耸肩。

"嗯,那我们先走了。

我们时间很紧。"

"不要出卖我们!"公鸡哀求道。

"不会的,你们不要担心。"

母鸡突然咯咯地大叫起来。

"又怎么了?"斑点问。

"我要下蛋啦!

咕嘟咕嘟。

咕嘟咕嘟。"

鸡蛋落在草丛里。

母鸡转过身去。

"喔,多么漂亮的一个鸡蛋啊!"她开心地笑着说,

"长得和你真像。"

一天就足够了

鼠儿和斑点着急地寻找着小点点的踪迹。

斑点累了，靠在一棵树旁休息。

树枝上停着一只瘦弱的苍蝇。

斑点瞪着眼睛看了苍蝇一眼，问候道：

"你好呀，苍蝇！"

"我不是苍蝇。

我是蜉蝣。"这只小昆虫生气地说。

"蜉蝣？

闻所未闻。

你看上去就像一只苍蝇啊。

没错，你就是苍蝇。"斑点说。

"你难道看不出来吗？

我比苍蝇可苗条多了。

我的翅膀是竖着的，你看多漂亮。"

斑点把眼睛瞪得更大了。

"听你这么一说，的确和苍蝇不一样。"他不得不承认。

鼠儿走了过来。

"你在和谁说话呢？"

"和一只蜉蝣。"斑点说。

"蜉蝣？"鼠儿问。

"一定是只苍蝇喽！"

"不，是蜉蝣！"小昆虫扯着嗓子喊道。

"你也不是野兔吧。"

"不，幸好不是。"鼠儿窃笑着说。

"你在这儿有没有看到一只小山羊？"

"没有。

我没有时间看什么山羊。"蜉蝣一边说，一边吸了口气。

"怎么会没有时间呢？"鼠儿问。

"一只蜉蝣的寿命只有一天。"

"那你就是一只'一夜老'？"

"的确有人这么称呼我们，但实际上这个叫法是不对的。"

她又吸了口气，样子像是在咬什么。

"你在做什么？"

"我在吃空气。"她吧唧着嘴说。

"为什么要吃空气？"斑点问。

"这样才能飞得更高。

我胃里的空气越多，

我就能飞得越高。"

"你为什么要飞那么高呢?"

"我在水面上,一边飞,

一边产卵。

之后,我就可以安心地死去了。"

斑点和鼠儿忧伤地看着她。

"你不觉得难过吗?"

"什么?" 蜉蝣问他们。

"只能活一天,

然后就要死去。"斑点呜咽道。

"不难过,所有的蜉蝣都是这样,无一例外。

虽然作为蜉蝣我只能活一天,

但是作为幼虫我可以活很久,

甚至好多年。"她点点头说。

"所以,直到生命的最后一刻你都是一个孩子?"

"对,我只有一天是长大了。"她一边点头,一边吸了口空气。

"我产下的卵就是我生命的延续。"她吧唧着嘴说。

蜉蝣开始扑扇起翅膀,

"我吃饱了。

时间也快到啦。

我刚刚已经吸了很多空气,现在可以飞了。

再见啦。"

"你还会回来吗?"斑点问道。

"再也不会回来了。" 蜉蝣笑着说。

斑点眼里含着泪水。

蜉蝣飞走了。

她先往低处飞，

然后往高处飞。

"真让人难过。"鼠儿呜咽着说。

"我都不敢想象如果自己只能活一天会怎么样。

我一定会忧郁而死。"斑点哭了起来。

鼠儿用爪子轻轻地抚摸斑点的头。

刺猬和奶牛

斑点和鼠儿继续往前跑去。

突然，他们看见一只刺猬在一头奶牛的身体下面。

他在喝奶牛的奶。

"好喝吗？"奶牛问。

"真好喝！"刺猬吧唧着嘴说。

他贪婪地吮吸着奶牛的奶。

斑点和鼠儿惊讶地看着他。

"我的奶是不是最好喝的?"奶牛问道。

"当然了!"刺猬回答说。

"喂!"斑点汪汪叫了起来。

"你干嘛?"奶牛厌恶地看着斑点。

刺猬被斑点的叫声吓了一跳,摔了个背朝地。

"刺猬居然喝奶牛的奶。

我可从未见过!"鼠儿大笑着说。

鼠儿从栅栏下面钻了过去。

斑点站着没动。

刺猬擦了擦嘴。

"你难道不喝奶牛的奶吗?"刺猬问。

"我?

当然不了。

我喝奶瓶里的奶。"鼠儿笑着说。

"那你知道奶瓶里的奶从哪儿来的吗?"奶牛将头转向了鼠儿,哞哞地问道。

"从牛奶厂来的喽。"鼠儿回答。

"才不是。

那也是我们的奶。

他们把我们的奶挤出来,

收集并加工后,

装到了瓶子里。"

"在哪儿加工装瓶呢？"鼠儿问奶牛。

"在牛奶厂。"奶牛点点头说。

"那我没有说错喽！"鼠儿说。

"你一定是你们家最有趣的成员吧！"刺猬问鼠儿。

说罢，他又抓住奶牛的乳房，开始喝奶。

"不好意思，各位，我渴了。"

奶牛感觉到背上一阵颤抖。

"继续，不要停下来。"她温和地说。

"真舒服。

我感到自己的皮肤都在歌唱。"

"你们是否看见过一只小山羊经过这儿？"鼠儿问。

刺猬头也不抬一下，继续喝奶。

一股牛奶从他嘴角边流下来。

奶牛闭上了眼睛。

"你们看见小点点了吗？"斑点汪汪叫道。

"不要打扰我们。

没看到我正忙着吗？"刺猬生气地说。

"你看到过小点点吗？"

"见过。但这和你无关。"刺猬冲着鼠儿的耳朵大声嚷嚷。

奶牛舔了舔斑点的脸，

斑点的脸全湿了。

斑点呲起了牙齿，

"你再敢舔我试试！"

奶牛又舔了一下，

她笑出声来。

刺猬也大声笑了起来，

他朝鼠儿吐了口奶泡。

鼠儿往后退了一步，

她把爪子伸向刺猬的鼻子。

还没有碰到鼻子，刺猬就已经摔落在地上。

他把自己蜷成一团。

"你看看你都干了些什么？"奶牛生气地说。

"他死了。

你满意了吧？"

斑点走近刺猬，用鼻子嗅了嗅他。

"他根本没有死。

他这是在装死。"斑点说。

奶牛转过身来，背对着栅栏。

她竖起了尾巴：

"你们现在再不走的话，

我要你们好看！

你们这些杀人凶手！"

斑点和鼠儿赶紧逃跑了。

他们躲在了一棵大树后面。

"他不会真的死了吧？"鼠儿问斑点。

斑点摇了摇头。

"你安静点儿，

不能让他们发现我们在这儿。"

斑点和鼠儿心惊胆战地等着。

突然，蜷成一团的刺猬动了一下。

"你这一招可把他们吓坏了！"奶牛笑着说。

刺猬把爪子伸了出来。

他点了点头，笑得眼泪都出来了。

"还有他们那些无休止的问题，烦死了。

世界上其他的事情和我有什么关系？"他摇了摇头。

"你说得对。"奶牛点点头。

"来吧，再喝一点。

让我的皮肤歌唱吧。"

刺猬听到后立刻又开始了。

"真好喝！"刺猬又叫道。

鼠儿和斑点愤怒地看着他们的把戏。

"他们只为自己而活，从不考虑别人。

怎么可以这样！"斑点嗅了嗅旁边的树，说道。

微风抚摸着鼠儿的毛，她觉得很舒服。

我一生都在逃亡

斑点突然飞快地跑了起来。
他用鼻尖贴着地面。

"怎么了?"鼠儿跟在斑点后面,叫道。

斑点没有回答鼠儿,

他跑得越来越快。

鼠儿完全跟不上他了。

"是小点点吗?"她问斑点。

斑点突然在一片农田边上停了下来,

他看了看四周。

鼠儿追上他,站在他身边,气喘吁吁。

"你为什么一言不发?"

斑点用鼻子朝运河里嗅了嗅。

"我找到线索了。"他点点头说。

"是小点点?"鼠儿问。

"我觉得应该是。"他说。

突然，他们看见一只巨大的褐色的鸟从身边飞快地跑过。

"那是野鸡！"鼠儿指着那只鸟说。

"哦，我弄错了！"斑点有些难过。

野鸡一个踉跄，差点跌倒。

她的翅膀划过地面。

"她好像受伤了。"鼠儿说。

斑点朝野鸡跑去。

"嗨，野鸡，你等等。"

野鸡头也不回，继续跌跌撞撞往前跑。

"我想问你件事！"斑点叫道。

当斑点跑到离野鸡不到一米远的地方时，野鸡突然扑腾着翅膀往高处飞去。

"我不会伤害你的！"斑点说。

野鸡在空中绕了一个大弯，飞走了。

斑点无奈地摇摇头，朝鼠儿走去。

"我真是无法理解。"他叹了口气说。

"她翅膀都受伤了，为什么还要拼命飞走？"

"如果你一直这样不停地追赶其他的动物，我们永远都找不到小点点。"鼠儿愤愤地说。

"我就想问问她有没有看见小点点。"

"没有，我没有看见什么小点点。"他们身后突然传来一阵声音。

斑点和鼠儿惊讶地抬起头。

野鸡正坐在一棵树的树枝上，

那是离斑点很安全的距离。

"你怎么飞到那儿去了？"斑点问野鸡。

"我才不告诉你呢。"野鸡暗自笑道。

"你怎么可以飞得这么快呢？

你不是受伤了吗？"

野鸡仰起头，大笑起来。

"我假装受伤了，

这样才能把你们从我的巢里引开，

聪明吧？"

"作为鸟类，

你真是很聪明。"鼠儿点点头，说。

"我不得不学聪明点。"野鸡说。

"我一生都在逃亡。

逃避狐狸，

逃避猫和狗的捕食。"

"你完全可以信任我们。"鼠儿说。

"我不确定。"

"过来一点吧，不要怕。

我们绝对不会伤害你。"

"我才不信！

我在树枝上安全着呢。

你们不要妄想骗我上钩。

也许你们下一步就计划着如何把我吃掉。"

说罢，野鸡吓得直发抖。

"我不吃任何动物的！"鼠儿说。

斑点默默地看了鼠儿一眼。

"我的意思是，

我不会捕食任何动物。"鼠儿补充道。

"是吗？"斑点问。

"呃，这个……

除了老鼠，

或者小鱼。

嗯，他们除外……"鼠儿承认道。

野鸡又往更高的树枝飞去。

"所有人都想抓我。

我下的蛋，

我的小鸡仔们，

一个都不放过。

我没有片刻安宁的生活。

猎人们也以狩猎我们为乐趣，

就是如此，

尽管我什么也没有做错。"

"不是吧！"

"他们觉得狩猎只是一个游戏而已。"野鸡伤心地说。

"一个关于生和死的游戏。"斑点叹了口气说。

"不要再和我提猎人了！"野鸡露出一脸痛恨的神情。

"不是所有的人都这样。

我们的男主人就不会做这种事！"斑点说。

"女主人也不会的！"鼠儿说。

"逃亡。

这儿逃到那儿。

没有尽头，

永不停歇。

我怎么那么可怜。"野鸡抱怨道。

一阵大风从野鸡身后吹过，

她身体差一点儿失去了平衡。

"我简直生活在地狱里。"

野鸡自言自语道，鼠儿和斑点则在一旁一言不发。

"这个世界真不公平。"斑点点了点头。

"可怜的野鸡，

可怜的小山羊……"鼠儿喵呜道。

"小山羊？"野鸡问。

"是啊。"斑点说。

"我看到过一只小山羊，他蹦蹦跳跳往树林方向去了。"

"你怎么不早说？"鼠儿问。

"你又没有问我。"野鸡说。

"问了啊。

你说你没有看见过小点点。"

"我怎么知道那就是一只小山羊？"

"那倒是。"

"你什么时候看到他的呢？"

"大概一小时以前吧。"

"他蹦蹦跳跳去了森林里，对吗？"

野鸡点点头。

"谢谢你！

那我们马上去那里！"

斑点和鼠儿朝树林的方向走去。

"嘿！"野鸡冲他们叫道。

斑点和鼠儿转过身去，

"怎么了？"

"谢谢你们！"野鸡说。

"为什么谢我们？"斑点问。

"谢谢你们听我说这么多话。

真的很高兴。

这一次我终于不用逃亡，而是可以好好聊天。"

"不用客气！"斑点冲野鸡挥了挥爪子，又摇了摇尾巴。

风越刮越大。

树 木

鼠儿和斑点跑到了树林边。

他们试着找到一条小道。

"真奇怪，"斑点说，

"风突然停了。"

"是树的原因。"鼠儿说。

"为什么？"

"这些树木在一起形成防风层，

风没有办法穿透，

所以你觉得风停了。"

斑点抬头看了看高处的树冠，

只有树梢被风吹得在晃动。

"这些树有生命吗？"斑点问。

"我觉得有。"鼠儿回答说，

"它们一直在生长。

它们的树枝越来越粗壮，

不断长出新的树叶来。

树木的种子会发芽长成新的树。"

"它们会说话吗，像我们这样？"

"当然不会啦，你这个傻瓜。"鼠儿笑着说。

"只有我们动物才会说话！"

"对了，还有人类！"斑点补充道。

"人类也是动物啊！"

"你觉得是吗？"斑点问，

"他们会的东西可比我们多得多。"

"所以呢？

我们会的东西比虫子多得多。"

"是啊。"斑点点点头，说。

"但虫子也是动物。

你会的东西更多并不能说明你不再是动物了。"

"那为什么人类要称呼彼此为人，而不是动物呢？"

"因为他们称呼狗为狗，

称呼鱼为鱼。"鼠儿笑着说道。

"救救我！"树林里传来一阵微弱的声音。

斑点和鼠儿同时竖起了耳朵。

"你听到了吗？"鼠儿问。

"是小点点！"斑点激动地叫了起来。

他毫不犹豫地朝树林里跑去。

乌　鸦

"救命啊!"声音越来越大。

斑点吓得站住了。

他看见小点点四脚朝天,直挺挺地躺在地上。

两只乌鸦正在用嘴啄这只可怜的小动物的身体。

"求求你们,

不要啄我!"小点点哀求道。

"呀!

你求也没有用。

我们就爱吃小山羊。

呀——哈——哈!"较大的那只乌鸦叫道。

"羊肉最美味了,

比小虫子好吃多了。"

"比青蛙肉香多了!"

"比苹果美味多了!"

他们每说完一句，就啄一下小点点的毛。

"我们该怎么办？"鼠儿吓得躲在斑点身后，问斑点。

斑点紧闭双眼。

"你快做点什么吧！"鼠儿说。

斑点吓得浑身发抖。

"我害怕。

乌鸦是很危险的动物。"

"血！"乌鸦叫道。

"血！"两只乌鸦都叫起来。

"可是你比这些鸟大多了。"鼠儿轻声嚷嚷道。

"是的，但是他们的嘴很尖，很锋利。

他们会把我的眼睛啄出来的！"

乌鸦们仰起头，得意地笑着。

他们尾巴朝着地面，

跳起舞来。

"我们很快就能享用大餐了。"

较小的那只乌鸦叫道。

"救命啊！"小点点呻吟道。

斑点浑身的血都充满了愤怒。

他呲着牙齿，狂吠起来。

鼠儿把爪子伸向树干，磨了磨爪子。

"再啄一下，

最后一下，

你就死了。"较大的那只乌鸦奸笑着说。

"妈妈!"小点点绝望地呼唤着妈妈。

两只乌鸦绕着小点点转了几圈,又跳起舞来。

"派对即将开始!"他们哇哇地叫道。

"真是一场开心的派对。"

他们转向小点点的身体。

"好好看看你的四周,

吸一口气,

再想想你妈妈吧,

还有你爸爸,

这可是你最后的机会了。

再数三下你就死了。"

两只乌鸦把头往后仰,

准备最后用力致命一啄。

"三!"

突然,两只动物从灌木丛里飞奔过来。

斑点变成了一匹狼。

鼠儿变成了一只老虎。

乌鸦们完全不知道发生了什么。

鼠儿纵身一跃,整个身体扑在了小乌鸦身上。

斑点用他锋利的牙齿朝大乌鸦的尾巴咬去。

小点点试着坐起来,

但是他身体太虚弱了,

根本坐不起来。

两只乌鸦试着反抗,

但是面对凶猛的狼和老虎,再如何反抗也无济于事。

"如果你们还不赶紧走,我就把你们撕碎了!"斑点怒吼道。

他松开大乌鸦的尾巴。

鼠儿把爪子伸到小乌鸦眼前。

"不要弄瞎我! **呀——**!"

鼠儿用爪子使劲抓了一下小乌鸦的嘴。

"**呀——**可怜可怜我吧!"

"小点点已经不能动弹了。"斑点叫道。

鼠儿扭头看了一眼,

小乌鸦赶紧飞走了。

他飞向了树顶,

飞到大乌鸦那儿去了。

他们在树顶大口喘着气,还没有从惊吓中缓过神来。

斑点用爪子推了推小羊。

鼠儿把耳朵贴在小点点的胸前,

"他还有心跳。"

"呜呼!"

小点点费力地睁开了双眼。

"我要妈妈。"他轻声地哭着说。

斑点和鼠儿满脸疑问地看着对方。

"我们怎么把小点点送回他妈妈那儿呢?"

"他现在太虚弱了,根本走不动。"斑点说。

救　援

斑点肚皮朝下，趴在小点点身边。

鼠儿费了九牛二虎之力才把小点点推到了斑点的背上。

斑点颤颤巍巍地直起身来。

鼠儿在一旁，确保小点点不会从斑点背上滑下来。

"小心一点！"鼠儿担心地说。

斑点小心翼翼地慢慢往前挪动着。

他实在不适应背上背着一只这么重的山羊。

寒鸦们在树梢上聊得正欢。

当斑点和鼠儿走近他们时，他们突然不说话了。

寒鸦们用惊奇的眼神看着下面的斑点和鼠儿，

他们用翅膀为斑点和鼠儿鼓掌。

野鸡朝斑点跑来，

"还好吗？"

"嗯。"斑点气喘吁吁地回答。

"需要我帮忙吗?"野鸡问。

斑点和鼠儿摇摇头。

"那我去通知一下其他山羊?"

"好的,那太好了!"鼠儿说。

野鸡二话没说就跑开了。

刺猬和奶牛张着大嘴,盯着斑点看。

"你们等会儿!"刺猬叫道。

他松开奶牛的乳房,

爪子里流出来几滴牛奶。

他小心翼翼地走向斑点,

把爪子凑近小点点的嘴。

小山羊贪婪地吮吸着刺猬爪子里的牛奶,喝得一干二净。

"这是个好现象。"奶牛点点头,说。

"能吃能喝,

就会越来越强壮。"

"没错。"斑点点点头,

"谢谢你。"

"不客气。"刺猬笑着说。

"看来,他也不是没有良心的。"鼠儿嘟囔道。

突然,一只蜉蝣飞到了斑点和鼠儿头顶。

"我想见见你们。"

"真好。"鼠儿说。

"为什么突然想见我们?"斑点一边喘气一边问。

"不为什么，

因为我很高兴。"

"可是你快死了呀？"鼠儿疑惑地问。

"是的。

但是，我现在感觉好极了。

永别啦！"

蜉蝣使出最后的力气，用力一飞，

飞向了太阳。

"你明白吗？"鼠儿问斑点。

"不明白。"斑点叹了叹气。

"如果你只能活一天，你的想法就会不一样。"

远处传来一阵歌声。

"喔——喔——呜呜！

在荣耀里，在荣耀里！"

"是乔尼的声音。"斑点笑着说。

"咩——咩。

咩——咩！"

"是山羊们的叫声。"鼠儿笑着说。

野鸡冲他们跑了过来。

"我已经告诉他们了！"她喊道。

当斑点和鼠儿越靠近羊群，他们的叫声就越响。

在离草地几米的地方，公山羊和山羊妈妈已经出来迎接他们了。

其他的羊儿则成群结队地站在铁丝网后面。

"小点点!"山羊妈妈叫道。

斑点弯下身子,

山羊妈妈赶紧接过小点点,把她放在乳房下。

小点点贪婪地吮吸起来。

"咩哈哈!"公山羊冲着斑点叫道。

他舔了舔斑点。

"好痒!"斑点说。

公山羊又朝鼠儿走去。

鼠儿赶紧转过身去,

"不要舔我,公山羊!"

"咩嗯嗯?"公山羊问。

"我自己会舔自己的。"鼠儿说。

公山羊摇摇头。

小点点体力渐渐恢复。

来吧,我的小点点。"公山羊说。

他把小点点从洞口慢慢推了进去。

其他的羊儿兴奋地围着小点点跳了起来。

小黑用头蹭了蹭小点点的头。

小点点可以慢慢走动了,但还是有点虚弱。

鼠儿跟在小点点身后,

她跳上了羊圈的顶棚。

斑点守在铁丝网的洞口。

他冲男主人汪汪地叫着,

男主人冲他跑了过来。

"怎么了，斑点？"男主人问道。

"铁丝网破了个大洞！"斑点汪汪说。

男主人环顾了一下四周。

"看，铁丝网有个洞！"男主人指了指那个洞。

"我刚刚不是告诉你了吗？"斑点说。

"我要赶紧把这个洞修好。

幸好没有山羊逃掉。"男主人说。

他回到院子里，去拿工具箱。

他走得急急忙忙，都没有注意到鼠儿。

一番忙乱过后，斑点和鼠儿回到他们自己的窝里。

他们靠着对方，躺了下来，

就像两把交叉在一起的勺子。

"我们玩个游戏怎么样？"鼠儿问。

"我可没有兴趣。

我累坏了。"

"玩了这个游戏，你就不会觉得累了。"

"什么游戏？"斑点问。

"我们比比看谁装死时间最长。"

斑点听了不禁浑身一抖，

"真吓人！"

"来吧！"鼠儿说。

"不，我不玩这个游戏。

我想玩一直装着活下去的游戏。"

"那个游戏怎么玩?"

"我才不告诉你。

我先开始!"斑点打了个哈欠,闭上了眼睛。

哲学的启蒙

瓦力·德·邓肯的系列儿童读物极富哲理，被认为是儿童哲学的启蒙故事。

接下来将介绍，家长、教师和成年人如何通过这本书向孩子们提出富有哲学性的问题，如何引导孩子通过开放、批判性的方式看待自己和整个世界。通过和孩子充满哲学意义的对话与提问，你一定想知道这些问题的答案是否唯一，或者是否有标准答案。答案当然不唯一。提问的意义不在于找到标准答案，回答一个问题往往能将人们引向另一个问题。孩子们应该对自己的想法有清晰的认识。

如果想和孩子一起思考哲学，你必须学会认真倾听，放下自己的主观看法，还要学会尊重沉默的权利，开放地看待每一种观点。

接下来我们将给您列举一些哲学问题，这些问题可以在孩子阅读完《和尾巴聊天》一书后同他一起探讨。问题上方是可以哲学化的原文摘录和其出现的页码。

P.21 真高兴我不是一条狗。

◎ 你愿意做一条小狗吗？

◎ 你愿意成为其他动物吗？如果愿意的话，是哪种呢？为什么愿意成为那种动物？

◎ 你对自己满意吗？

◎ 你想出名吗？

P.23 新生命都来自妈妈。

◎ 你觉得是这样的吗？有其他可能性吗？

◎ 如果你是别的妈妈生的，会和现在不一样吗？

◎ 如果你的曾外祖母没有出生的话，还会有你吗？可以解释一下原因吗？

◎ 你只能出生一次吗？

◎ 想象一下：如果你住在非洲，生活会和现在很不同吗？

◎ 想象一下：如果你是其他父母生的，你的长相还会和现在一样吗？

P.28 如果你感觉不到疼痛，那你肯定已经死了。

◎ 你觉得是这样的吗？

◎ 你现在能感觉到疼痛吗？

◎ 你觉得最大的疼痛是什么？

◎ 你会不会有感觉不到疼痛的时候？

◎ 别人的疼痛你能感觉得到吗？

◎ 人死了还能感觉到疼痛吗？

P.39 我甚至都不知道自己是谁。

◎ 能不能说一说你究竟是谁。

◎ 你知道关于自己的一切吗？你能了解到更多关于自己的知识吗？比如说？

◎ 小孩可以像大人一样思考吗？

◎ 在这个世界上还有没有和你一样的人？

P.61 世界上其他的事情和我有什么关系？

◎ 你是否也有过这样的感觉？

◎ 你是不是也认为只有自己才是最重要的？

◎ 你为什么要上学？你长大了想做什么？为什么呢？

◎ 是不是世界上每个人都过的一样好？这个世界上有什么是你想改变的吗？怎样改变？

◎ 你有时候独自一人吗？你有没有感到过孤独？这两种有区别吗？是什么样的感觉？在班级里你会感到孤独吗？

P.69 这些树有生命吗？

◎ 怎么判断一个物体是否有生命？

◎ 树木会思考吗？

◎ 想象一下: 如果你是一棵树, 那么你会思考什么呢?

◎ 石头有感觉吗?

◎ 想象一下: 如果你是一块石头, 这会是什么样的感觉?

◎ 树木可以改变你的生命吗? 怎样改变的?

P.70 人类也是动物啊!

◎ 人类是不是有时候也很像动物?

◎ 有没有哪种动物长得像人类?

◎ 你认为人和动物的区别是什么?

◎ 动物会思考吗?

◎ 动物会说话吗?

◎ 为什么斑点和鼠儿会说话?

P.80 如果你只能活一天, 你的想法就会不一样。

◎ 想象一下: 如果你只能活一天, 你最想做什么?

◎ 你不愿意浪费时间在哪些事情上?

◎ 成年蜉蝣只能活一天。你喜欢这样吗? 你愿意长大, 还是愿意永远都当小孩儿?

◎ 如果你可以活一千年, 那么你的生活会和现在不一样吗?

祝你好运!

瓦力·德·邓肯

除了本书,《瓦力·德·邓肯作品系列》还包括以下几种:

《健忘的爷爷》

汉娜的爷爷感觉到自己逐渐年迈,体力日渐衰退,已经无法照顾自己了。和家人商量后,他坚持要搬去养老院。要远离舒适的家,去一个陌生的地方,这个过渡对他而言并不那么容易。汉娜一有空就去养老院探望爷爷,不过她发现爷爷时不时举止怪异。他管汉娜叫丽希尔,同样的问题能重复问上三遍。此外,他变得越来越健忘。刚开始汉娜并不理解爷爷,但渐渐地,她开始接受爷爷现在的样子,这样的爷爷也有有趣的一面。

在《健忘的爷爷》一书中,汉娜通过探望爷爷,接触了养老院里患有老年痴呆症的老人们。虽然爷爷能做的事越来越少,但这丝毫不影响汉娜爱他的心。这是一本适合八岁以上儿童阅读的温暖的书。

成人也能从这本书中得到很多。作品巧妙的内容,给人们带来了很多反思。

《从何时开始》

　　斑点是一条狗，鼠儿是一只猫。他们共同生活在作家的院子里。斑点能够通过胃的感觉分辨出天气的好坏。他告诉鼠儿，但是她并不在意。

　　花园里下起了暴雨，造成了严重的后果：冰雹将露台的顶棚打落成碎片，大风吹倒了一排树，整个花园都被毁坏了。燕子掠过地面，海鸥因为两极融化而感到悲伤。地球开始变暖，斑点和鼠儿注意到了这个不好的征兆，但是多数人们似乎毫无察觉。

　　这本书讲了一个全球变暖的故事。当你经历过暴风雨的时候，你将会用一个不同的方式看待生活，它使你思考和反思。书的最后有许多关于故事的问题。拼贴风格的黑白插画使文本更有诗意。

《鸣叫的鱼》

一只麻雀站在水沟旁。她不愿意再做麻雀，她想成为一只孔雀，或者一只猫咪，一只熊。但麻雀就是麻雀，现在如此，将来也是如此。

或者会有转机？当麻雀遇见了鱼儿，他们成了好朋友，一起游泳，一起欢笑。麻雀想和鱼儿交换身体，于是他们一起念鼹鼠教的口诀，念完口诀，麻雀突然变成了鱼儿，鱼儿突然变成了麻雀，这真是很荒谬……

但是麻雀有着鱼儿的思想，鱼儿有着麻雀的思想。

这谁也改变不了，无论是蟾蜍还是老鹰，无论是奶牛还是布谷鸟，无论是白云还是大海。

瓦力·德·邓肯用简短的句子写出了一个发人深思的故事。你会一直做原本的自己吗？你希望改变吗？别人希望你改变吗？对于这个问题，麻雀和鱼儿心中都有了答案。潜入水沟深处，翱翔在蓝天之上。

《我的狼兄弟》

克杰勒，一个七岁的小男孩，总是独来独往。克杰勒的母亲经营着一家咖啡馆，平时非常忙碌，因此很少有时间陪伴他。幸运的是，克杰勒有一条叫亚扎的小狗，还有一位好朋友卢迪。因为某次事故，卢迪头部受伤。尽管卢迪有时的行为有些疯疯癫癫，但他却有着一颗金子般的心，希望给每个人都带来快乐。他给克杰勒做可口的饭菜，陪克杰勒玩各种有趣的游戏。克杰勒有三个表兄弟，经常在周末跟着父母来咖啡馆。克杰勒总是被三个表兄弟欺负得遍体鳞伤。但是他又不敢告诉任何人，害怕没有人相信他，担心给母亲带来麻烦。他只好通过画画来宣泄内心受到的伤害。直到有一天，老师通过克杰勒的画怀疑他正遭受儿童暴力的侵扰，并最终将他救了出来。

这是一部感人至深的作品。作者以扣人心弦的笔触，描述了三个表兄弟的虚伪、霸道，克杰勒的恐惧、痛苦、内疚和无助。作品犀利地揭露了由于不公正的欺凌造成的各种身体和心灵上的伤害，具有重要的警示意义。

《影子的故事》

　　如果太阳高高挂在天上，云的位置刚刚好，空气足够厚，那么你就有百万分之一的机会和自己的影子说话。这样的事发生在了拉尔斯身上。

　　小黑是拉尔斯的影子，用拉尔斯脑海里的声音说话。拉尔斯想了解小黑世界的一切，于是自己变成了影子，小黑则进入拉尔斯的身体里，他享受着自己感觉到、闻到、尝到、看到和听到的一切。

　　妈妈发现情况有些不对劲。

　　拉尔斯还会回到现实生活中吗？

　　瓦力·德·邓肯常常被一些无法解答的问题萦绕着，他将这些问题融入自己的作品中。

　　克里斯多夫·德弗斯曾读过图文设计专业，是一名插画师。他颇具特色的插画为这部作品锦上添花。